KB092143

꿈의 바다

장선희 시집

시음사
시사랑음악사랑

백조의 노래를 들려주는 시인 장선희

시인이 쓴 시를 백조의 노래라고 한다. 백조의 노래라 할 만큼 아름다움과 인간의 사랑하는 마음을 그리기 때문일 것이다. 하지만 백조는 노래를 하지 않는다. 다만 생을 다할 때쯤 한 번 노래한다고 한다. 바로 장선희 시인의 시가 백조의 노래일 것이다. 사람이 살면서 죽을 고비를 몇 번이고 넘긴다는 통상적으로 하는 말도 있지만 사실 실제로 경험을 하는 사람은 그리 흔하지 않을 것이다. 하지만 장선희 시인은 생사의 고비에서 다시 태어나 새로운 삶을 사는 시인이다. 인간은 무한대와 무한소의 중간 어느 쪽이든 자신이 가진 능력을 최대한 표현할 힘을 가지고 있기에 장선희 작가이면서 시인이 가진 힘은 무한대여서 자연과도 대화하고, 사물과도 대화하며, 죽은 것에는 생명을 불어넣는 힘을 발휘할 수 있는 능력을 지니고 있을 것이다. 사람이 살아가는데 있어 가장 번뇌하고 의심하고 풀기 위해 고민하는 현상들이 바로 허망과 진실, 꿈과 현실의 괴리에서 방황하는 것일 것이다. 이러한 현상을 시인은 착목하여 뛰어난 통찰로 독자의 곁으로 다가서려 노력하는 장선희 시인이다.

장선희 시인의 작품을 정독하다 보면 인간의 내면을 보는 것만큼이나 깊다는 것을 알 수 있다. 순간의 시간에 느낌을 시인이 던져 놓은 이미지리 "imagery" 안에서 자신의 존재를 발견하면서 또 다른 자아를 스토리텔링 "Storytelling"으로 사회에 저항하고 자신이 본 것을 은유하는 내조적 상황의 현상들을 통해 화자의 삶을 보여 주려 하고 있다. 장선희 시인이 표지로 쓰겠다며 보내온 사진은 단순한 바다가 아니었다. 그 사진 한 장 속에 시인이 말하고 싶은 사유가 담겨있다. 아무것도 없는 것 같지만 수많은 이야기를 그리고 꿈과 희망을 유추할 수 있는 이미지 한 장이 던져주는 의미는 바로 시인이 하고 싶은 화두일 것이다. 장선희 시인의 첫 시집 "꿈의 바다"가 삶이 주는 무게를 겪어야 하는 또 다른 이들에게 새로운 도전의 꿈을 심어 주리라 믿으며 희망찬 마음으로 추천하다.

사단법인 창작문학예술인협의회 이사장 김락호

시인의 말

뜨거운 태양 아래 신록이 넘치는 계절, 자연과 함께하는 여름을 무척 좋아합니다. 사계절을 제대로 느끼는 아름다운 한국에서 살고 있다는 것이 너무 행복합니다.

한 많은 인생살이에 허덕이며 사느라 가슴에 품은 감성을 모르고 살았었습니다. 자수성가를 재촉한 날들 열정에 하염없이 노력하며 살아오는 동안, 하고 싶은 이야기가 많아졌습니다.

저는 늦깎이 공부로 국어국문학과를 졸업했지만, 제가 살아온 인생을 벗 삼아 진술한 이야기를 가지고, 묘사된 시로 써보고 싶습니다.

독자들이 공감하는, 편안한 친구 같은 글을 쓰고 싶지만, 제 인생이 드러나는 촌스러운 이야기가 될 수도 있습니다. 저만의 순수한 향기가 시로 승화되어, 누구나 편하게 읽고 싶어지는. 그런 작품으로 기억되고 싶은 바람입니다.

가족력 심장병으로 몇 번의 생사를 겪다가, 어느 추운 겨울날 심장이식을 받고 기적으로 새 인생을 살아가는 불굴의 여인입니다.

마음은 늘 열정이 가득했지만 늦은 나이 되어, 인생은 한을 넘어 사랑으로 다가왔습니다. 제가 깨달은 사랑은 받는 것보다 주는 사랑이 더 행복하다는 걸 알았습니다.

필요한 사람에게 사랑을 나눠주며, 귀감 되는 글로 남겨질 수 있도록 노력하는 시인이 되겠습니다.

시인 장선희

QR 코드   스마트폰으로 QR 코드를 스캔하면 시낭송을 감상할 수 있습니다.

제목 : 꿈의 바다
시낭송 : 박영애

제목 : 홍시
시낭송 : 최명자

제목 : 무인도에 머물고 싶다
시낭송 : 김정애

제목 : 목련화
시낭송 : 김지원

제목 : 보고 싶은 사람
시낭송 : 박영애

제목 : 고향 친구
시낭송 : 김지원

제목 : 수제 명품 그릇 하나
시낭송 : 박영애

제목 : 그리운 고향 길 따라
시낭송 : 김기월

제목 : 모정
시낭송 : 박태임

제목 : 향기로운 꽃이 되었다
시낭송 : 박순애

제목 : 내 인생은 롤 스트레이트
시낭송 : 박순애

제목 : 한국무용
시낭송 : 최명자

제목 : 낙엽조차 예뻐라
시낭송 : 장선희

제목 : 바닷가의 아침
시낭송 : 장선희

♣ 목차

♣ 목차

♣ 목차

꿈의 바다

언제나 노래하는 희망의 꿈이 있어요.
눈감으면 바다의 품속에서 힘찬 파도를 만났지요.

수평선 너머의 미래를 내다보며
현실에 부딪히는 강렬함을 발견했어요.

모두 떠나고 너와 단둘이 만났을 땐 평화가 오고
바다는 깊은 나의 마음을 읽어주었지요.

넓고 넓은 물줄기 따라 가보고 싶은 마음에
밤새 헤매 보아도 끝이 없어요.

맑은 물 한 모금 떠올려 행복을 느껴보며
이 순간의 영혼까지 씻겨지는 깊이가 느껴지고
꿈의 바다는 언제나 행복한 미래를 주어요.

제목 : 꿈의 바다
시낭송 : 박영애
스마트폰으로 QR 코드를 스캔하면
시낭송을 감상할 수 있습니다.

시의 향기

내면에 가두어둔 알 수 없는 열정
누르고 산 세월 어긋난 길에
험한 길 헤매는 양을 따라갔다.

세월에 자아를 깨우치고
비바람 맞고서야 알아버린 감성
천지의 섭리와 인고의 맛을 느끼고

인생에 이치를 알고 살아가는 방향에
각자 향기가 다름을 이해하는 동안
걸어가는 나의 길을 발견한다.

거리를 나서면, 만물의 입장으로
혼자가 아닌 그들과 함께
살아있다는 증거를 확인하며
끊임없는 대화를 하고 싶다.

이젠, 온몸으로 품어내는 시가 되어
나만의 향기를 따라간다.

홍시

꿋꿋한 가지에 순결한 모습
설레는 가슴 빨갛게 달아오른다.

가지 사이로 수줍은 얼굴 붉히며
보름달처럼 환한 모습은
지나가는 이웃집 처녀의 양 볼을 닮았다.

담장에 흐드러졌던 청춘은
태양 아래 비바람도 인내한 그대

찬 서리 내리던 날 장엄한 모습은
거친 형상 상처로 베어져 보이지만

순종했던 절개는 올곧은 지조로
붉게 타오르는 사랑이었다.

제목 : 홍시
시낭송 : 최명자
스마트폰으로 QR 코드를 스캔하면
시낭송을 감상할 수 있습니다.

무인도에 머물고 싶다

망망대해 수평선 너머를 꿈꾸며
세상 욕심 버리고 그저 반기는
바닷가 물 맑은 곳에
미소진 얼굴 비추는 날이고 싶다.

자유가 머무는 그곳
조석으로 바다에 나가 해산물 따오고
한낮엔 산그늘 숲속 칡넝쿨 따라다니며
자연에서 얻는 향기에 취하고 싶다.

너울너울 춤추는 바닷물결 따라
바위틈에 자유로이 나가 앉아
창공을 나는 갈매기 만나보며
미래 희망을 나누면 좋겠다.

사계절 수채화가 펼쳐지는 그곳
자유로운 섬 바다와 숲을 오가며
자연이 숨 쉬는 그대로
얼마 동안, 무인도에 머물고 싶다.

제목 : 무인도에 머물고 싶다
시낭송 : 김정애

스마트폰으로 QR 코드를 스캔하면
시낭송을 감상할 수 있습니다.

11

전어

예전에 떠나간 내 님
슬픔이 애처로워
기필코 돌아왔다.

출렁이는 푸른 바다 추억에
기다리다 지친 모습 못 잊어
한이 되어 돌아왔다.

기쁨 주려 희생한 그대
한없이 아름다워
피어난 꽃자리에 빛이어라.

짭조름하게 익어가는
구수한 내음 넘쳐나고
숯불에 화려한 불꽃이다.

그대 향에 못 잊어 보고파
눈물 나게 그리워서
하루빨리 애타게 돌아왔다.

혜화동의 초겨울

혜화동에 가면 '예술가의 집'이라는 팻말이 정겹다.
지난여름 가뭄에 목마른 작은 연못가에
창백한 돌들이 추위를 이기며 눈 마주친다.

도시의 오염된 이끼들도 바짝 들러붙고
뱃가죽이 너무 말라 헐떡거린다.
송사리 올챙이 꼬리 흔들던 그 시절
신선한 그리움은 인내하는 숨소리 가엾다.

돌들의 버적거리는 소리는
길가에 날아드는 낙엽이 더 쓸쓸하지만
함박눈이 펑펑 내리기를 소망하고
따뜻하게 품어주는 겨울이 온다.

대로변이 막혀 시위대에 치였던 차들도
요란한 소리로 자유로이 내달리고
분주하게 몰리는 젊음의 거리가 희망을 준다.

서리

그토록 사랑했던 홍시도 떠나고
앙상한 가지에 서릿발 내렸다.

지독한 추위에 강인한 인내
달콤한 추억 있어
홀로 남아도 외롭지 않다.

멀리 바라보니
어머니의 반짝이던 백발 같아
그리움만 사무치고

서릿발 같은 호통도
가슴 움켜쥐는 자식 사랑도
그리워 그리워서 서러워 북받친다.

꽁꽁 얼어붙은 가지에 마음 실으니
눈물도 그리움도 모두 녹아내린다.

눈이 그치고

서걱서걱 눈 밟는 소리 정겨워
온통 눈 덮인 하염없는 길에
발 도장 찍으러 간다.

따스한 햇살 녹아든 눈물 되어
내 사랑 담아 낙숫물에 띄우고
때마침 까치 소리 반기는데
허전한 마음은 왜일까?

홀로 걷는 이 길
깊은 내 마음 담아
사뿐히 발걸음 하고파 걷는다.

누군가 만든 눈사람 녹아든 모습
홀로 기다리는 고독에
싸늘히 찾아든 바람 따라
눈에 뒹구는 낙엽이 가엾다.

저만치 날아드는 회오리바람
한파를 예감하는 싸늘한 기운에
겨우내 속삭여줄 그대를 기다린다.

첫눈

창밖에 펄펄 눈이 온다.
거리엔 커진 눈송이 뺨을 스치며
콧등으로 날아와 살짝 기대고
반가워 시린 손안에 너를 감싼다.

첫 만남에 환호성 되어
기쁨으로 맞이하고
따스한 체온에 눈물 녹아 흐른다.

눈송이 꽃송이 되어
어느 틈에 날아와
가벼운 입맞춤 첫인사 나눈다.

아아~ 겨울이 찾아왔나
어느새 찬바람에 사라지고
아쉬운 발자취 여운만 남아있다.

목련화

나서는 발걸음 환하게 반기는 목련화
뽀얀 아가 얼굴 닮은 모습에
소담스런 입술을 삐죽이 내미니
내 마음 벌써 너와 입 맞추네.

따스한 햇살 함박웃음으로
담장에 사뿐히 내려앉은 너의 모습
살랑거리는 바람 막아주려 한걸음 옮기니
내 어깨를 포근히 덮어주네.

너의 향기 흠뻑 취하고 싶어
뿌려놓은 꽃잎 어루만지며
주섬주섬 손안에 가득 모아 코끝을 부비니
너의 향기 내 가슴 설레 이네.

제목 : 목련화
시낭송 : 김지원
스마트폰으로 QR 코드를 스캔하면
시낭송을 감상할 수 있습니다.

17

나비 마음

봄이라는 소리에 움츠렸던 날개 활짝 펴네.
파고드는 봄바람 한기를 느끼지만
봄이라는 따스함에 나를 이끄네.

시린 겨울 얄밉게 사라졌지만
봄바람 타고 아지랑이 맞으러 가자
버들가지 피리 소리 더욱 그리워지네.

가슴으로 파고드는 살랑 바람 반가워
설레는 마음 어찌할까나

꽃봉오리 터지는 소리에 마음 활짝 피어나고
노랑나비 흰나비 더 높이 날아보네.

모녀의 봄나들이

밝은 햇살 텃밭으로 봄나들이 나서며
바람에 긴 드레스 나풀나풀 날리고
밭고랑 따라 사뿐사뿐 휩쓸고 다니네.

따뜻한 봄기운에 자라난
속살 같은 꽃상추를 만지며
살포시 입 맞추고 있네.

모녀 닮은 푸른 채소밭은
몸과 마음 영양 가득
건강한 행복을 약속하네.

양분 없이 밀려난 채소는
수분 듬뿍 옮겨주니
그녀가 환하게 웃네.

마주 보는 미소 감격 손잡은 전율로
행복한 가슴 마냥 부풀어 오르고
꿈이 지나 깨어나니
아쉬운 현실이 아파하고 있네.

수국이 나를 부른다

그가 나를 불러 폴짝 뛰어갔다.
달처럼 환하게 비추는 고마움에
눈이 부셔 살짝 윙크로 다가가니
탐스런 꽃송이 미소가 싱그럽다.

간밤에 내린 촉촉한 온기 체온은
만지면 다칠까 오므린 손안에
포근한 숨결로 포옥 빠져든다.

이렇게 환한 대낮인데
모든 만물은 보이지 않고
유난히도 뽀얀 달덩이로 감싸주니
다시 눈을 비벼 오롯이 마주 본다.

차마 발을 뗄 수 없어 아쉬운데
오늘은 그만 작별인사하자 손 흔들고
살랑이는 바람마저 이별이 야속하다.

내 안에 가득 품은 그대는
옹기종기 탐스러운 자태 매무새로
가슴 뿌듯한 흔적 사랑을 담는다.

봄 마중

세찬 바람 뺨을 스치던 시린 날 가고
미안한 맘 그대로 둔 채
작별인사 없이 가버렸네.

마른 가지 틈새로
뾰족이 내미는 푸른 잎 찾아
내 마음 벌써 꽃을 피우고 있네.

벚꽃 향기 따라다니던 그 날 못 잊어
꽃향기 찾는 나비와 함께
아지랑이 속으로 날아가고파

꽃비 내리는 날은
두 손 모아 수북이 담은 향기에 취하고
영혼까지 함께 할 봄을 기다리네.

진달래 연정

뽀얀 술잔에 햇살 받으며
연분홍 진달래 새색시 되었네.
술잔에 취하려 살포시 몸 담그며
발그레한 미소 입맞춤하자네.

이 얼마나 향기로운 날인가!
따뜻한 너의 입술 스며드는 꽃내음
내 품에 녹아드는 부드러움 어찌할까나.
내가 너를 보듬으니
천상에 이런 인연 어디 있겠소.

감미로운 인연에 손색없고
술에 취하고 너에게 취하니
신명 나는 어깨춤 절로 난다네.

산중에 달달한 합궁하니
천하에 부러울 게 없네.
먹구름 낀 하늘 맑아지고
천둥 번개 날벼락 친들 두렵지 않네.

수줍은 너의 마음 알아버렸으니
산중에 무언들 치중하고 싶지 않고
고운 당신 품으며 약속하네.
막걸리 술잔에 진달래 흠뻑 취하고
사랑에 눈멀어 갈 길을 잃었다네.

청계천의 봄 하루

햇살 좋은 날 연인들의 다정한 발길 따라
청계천 힘찬 물줄기 냇가로 이끌린다.
출렁이는 냇물 깊이로 풍요로워 보이고
많은 젊은이들이 저마다 재잘대며 환호성 친다.

청계천 봄 오는 풍경 수채화를 연상케 하고
수분 먹은 담장 넝쿨 맑은 잎 눈 맞추니
저만치 수양버들 춤추며 반긴다.

구경나온 행인들 반기듯 송사리 떼 몰려들고
줄 맞춰 힘찬 행렬이 활기를 띤다.
흐르는 물 따라 내려가니
커다란 잉어 떼가 시커멓게 줄지어 늘어서고
내려다보는 버들강아지 살랑대며 꼬리 흔든다.

청둥오리 가족 모여 다정하게 소곤거릴 때쯤
비둘기도 날아와 던져주는 먹을거리 찾으며
바쁜 종종걸음 낯설지 않게 곁을 준다.

징검다리 건너 다리 밑 향연으로 합류하니
순회하는 가수의 힘찬 노랫소리 들으며
흔들리는 음률에 덩실 어깨춤 들썩인다.

여름이 좋아

뜨거운 태양이 내리쬐는 여름
마음은 벌써 그리움에 쌓여요.
한가득 지난 추억 떠올라
그곳으로 달려가고 있어요.

턱까지 차오르는 강물에서
물장구치며 떠오르고 싶고
어릴 적 고향 앞 개울에서 물장구치며
해지는 줄 모르던 그 시절 생각나네요.

장마철 개울가에 텐트 치고
밤새 내리던 비에 물이 차올라
꿈결에 정신 못 차리던
그 순간마저 그리워지네요.

줄기차게 내리는 장맛비를 보면
작은 차 끌고 산비탈 폭포수에 세차를 겸하며
빠르게 지나치던 순간 환상이었죠.
나를 향해 빠르게 덮쳐오는 파도 타고
먼 나라로 튀어 오르며 상공을 날아오르고 싶어요.

청춘이던 기운 받아 여름이면 가슴 벅차오르고
철썩철썩 어서 오라 손짓하는 바다가 그리워
사무치는 마음 목메여 부르고 있어요.

숲길

녹음이 짙은 음습한 침엽수 나무들이
즐비하게 서서 반갑게 마중하고
아카시아 향기가 기분 좋은 들뜬 마음이다.

높이 올라가니 테르펜의 약리 작용은
모든 신체 활동이 상쾌해지고
식물들의 피톤치드 효과를 더해주며
설레는 마음에 행복감이 넘쳐온다.

제각기 향기를 뿜어내는 나무들은
지쳐있던 몸과 마음을 건강하게 한다.

골짜기는 상쾌한 기운을 더해주고
발밑으로 황토의 푹신한 안정감과
경혈의 지압 점 따라
기분 좋은 자극을 준다.

관목들이 줄지어 서 있는 그늘 따라가면
산소 공급량으로 피로감을 없애주고
나뭇등걸에 앉는 순간 척추의 편안함으로
가벼워진 체중이 된 것 같다.

이 순간 무엇이든 긍정적인 태도 되어
넓고 아름다운 세상 큰 희망을 떠올리게 된다.

초여름의 가로수

살포시 다가가 장미꽃 마주 보며
고운 빛깔에 밝은 마음 가진다.

길 건너 저편엔 벚꽃 진자리
신록을 자랑하며 덩달아 춤을 춘다.

청초한 모습 경이로움은
잠시 쉬어가라 손짓하는 가로수 따라
발길 옮기는 걸음이 가뿐하다.

산들거리는 바람이 시원해
벚나무 밑으로 다가가니
새까만 열매가 발밑으로 들어온다.

톡톡 터지는 소리에 놀라
미안해하며 움찔하는 동안
친근한 진득거림으로 바짝 달라붙는다.

내리쬐는 태양 만물에 비춰지는 기쁨
새싹들의 행진이 모두 새롭게 시작되고 있다.

폭염

장대비에 미역 감고 바위에 앉았더니
뜨거운 등줄기가 벌겋게 달아오른다.

태양을 향해 희망을 꿈꾸던 그 날
가까이서 보는 태양이 너무 뜨거워
목이 바짝 말라 숨을 헐떡인다.

태양아 더 멀리 물럿거라
너무 뜨거워 몸이 타버릴 것 같다.

타고 내리던 구슬땀 눈을 가려 뿌옇고
온통 염분에 젖는 끈적임에 찌푸린다.

개울물

우뚝 솟은 바위틈에 웅크려 있던 개울물이
트여놓은 물줄기 따라 힘차게 흘러내린다.

고운 햇살 너울 물결 그림자도 춤추고
고기 떼가 몰려다니는 사이로
물방개 날개 죽지에 생기 가득하다.

한 모퉁이 급물살 보듬으며
큰 돌 두어 개 굴려놓고
반가움에 슬며시 걸터앉는다.

옹기종기 속삭이던 돌들이
차례 지켜 키 높이 맞춰 둘러앉고
돌 틈 사이로 비집고 몰려드는 송사리 떼
요리조리 피해 다니며 눈치를 본다.

공중에서 날아오던 물잠자리 내려다보고
고르게 흐르는 잔잔한 물 위에서 목을 축인다.

온종일 줄기차게 흐르는 굽이진 물결은
제각각의 세찬 함성으로 활기 띠고
머무는 행인들 발걸음과 환호성에 지칠 줄 모른다.

숲속 캠프

땅거미 지기 시작하는 숲속
계곡물 따라 줄 맞춰 자리한 야영데크에
호롱불과 어우러진 가로등이 환하게 길을 밝힌다.

수면으로 퍼져가는 물안개 한 치 앞을 흐려놓고
단풍나무 떡갈나무 축축하게 내리던 가랑비 털며
바람 따라 너울춤을 추는 모습 신이 난다.

아늑한 텐트 아래 마주하는 모습들
바비큐 파티 열기에 얼마쯤 익어갈 무렵
폭포수에 세찬 물결 아우성치며 휩쓸려가고
쉬어가는 계곡 담근 손이 시리도록 차갑다.

물밑으로 한가롭게 노니는 송사리 떼 놀라고
숲속에 퍼지는 시원한 기운으로
모여든 가족 환호성이 폭포수와 합창한다.

자연 속에 내가 있다

나무 그늘 아래 원만한 텐트 치고
큰 호흡 하며 두 팔 벌려 누워본다.

잣나무 그늘에 편안하게 안착한 세상
나무도 풀도 꽃도 모두가 정겹다.
하늘에 장마 때가 아직 다 씻기지 않아
시커먼 뭉게구름이 덩어리져있다.

언제 떨어질지 모를 빗방울에 불안을 감수하며
텐트의 지퍼 문을 들락날락한다.
대지를 활보하는 왕개미가 반가워 환호성 주니
낯선 행인에 놀라 쏜살같이 달아나버린다.

깎아놓은 잔디 풀에 스치는 소리 따라가다
뚝 밑으로 넘쳐흐르는 시냇물이 반가워
정신없이 돌다리를 밟고 다니며 폴짝거린다.

도시에서 숨 쉬던 신체들이 놀라
기쁜 발작 일으키며 주체 못 한 마음 콩닥거리고
졸졸 흐르는 물결에 매달린 물고기들이
자유롭게 물 마시는 주둥이와 아가미가 탐스러워
불쑥 손 내밀고 싶어 안달이다.

이른 계절 푸른 잎 아가 손 닮은 단풍잎 만지며
곧 다가올 시원한 가을을 잠시 상상해본다.

여름밤 도시의 향기

네온사인 찬란한 불빛 따라 들어가니
뿌연 전등 사이로 한눈에 들어오는 그림자 정겹다.

띄엄띄엄 마주 앉은 연인들의
생기 넘치는 웃음소리에
힐끗 바라보는 모습 모두 당당하다.

그들 틈에 끼어 자리 잡은 창가에
불빛이 따라와 반갑게 인사하고

넘쳐흐르는 음향에 술 한 모금 목으로 넘기니
몸 안에 스미는 향기에 찡그린 주름도 활짝 펴진다.

한여름 소낙비

번쩍 우르릉 쾅쾅 쏴아!
달콤한 새벽잠을 요란하게 깨운다.

번개 치는 불빛과 빗줄기 소리에 놀라
기대 반 걱정 반 요동하고
외출할 채비에 큰 우산을 챙긴다.

여름내 흘린 땀도 잠시 식히고
메말라 방치했던 모든 대지는
지쳐가는 갈증을 한꺼번에 해소한다.

출근하는 걸음이 더 빨라지고
길거리엔 세차게 넘치는 비가
더위에 지친 발을 깨끗이 씻어준다.

급하게 철철 흐르는 물살로
모든 근심 걱정까지 휩쓸어 간다.

매미 사랑

오랫동안 기다려온 침묵의 향기
한여름 가로수 간절한 만남은
원 없는 사랑을 하리라.

경이로운 에로스 사랑
절박하게 임을 부른 만큼
목청껏 소리 높여 노래 부르며
한낮의 태양처럼 타오르는
너와 나 영원히 행복하여라.

이토록 짧은 만남이지만
뜨겁게 타오르는 사랑의 열정
영혼을 다 주어도 아깝지 않아
이대로 죽어도 한이 없어라.

가을을 기다리며

외로울 때나 힘들 때는
구름 한 점 없는 파란 하늘 기다리며
희망의 꿈을 꾸었지요.

태양이 너무 뜨거워 지쳐갈 때
소낙비와 천둥 번개 치는 날
갑자기 당신이 너무 그리워졌어요.

두려움에 떨고 있을 때
저 들판에서 환하게 웃어줄
당신을 그리며 견디었어요.

당신이 돌아올 그 날은
살랑대는 코스모스와 함께 춤추며
활활 타오르는 모닥불 사랑을 하고 싶네요.

당신은 지금 어디쯤 왔나요?
무지개 떠 있는 파란 하늘 바라보며
오색찬란한 가을 단풍 길을 함께 걷고 싶어요.

벗나무 아래

봄에는 벚꽃 사랑 속삭여주고
여름내 그늘에서 놀아주더니
가을엔 어디론가 떠난다 하네.

빨간 옷 갈아입은 그대 모습
눈이 부셔 갈 길 잃었는데
낙엽 따라 떠난다는 말
나도 같이 따라 나서보네.

이별하는 벗나무 아래
달빛도 비춰주니
사랑했노라 고백하며
잠시 떠난다는 굳은 약속을 하네.

우수수 떨어지는 낙엽 소리
쌓인 만큼 내 눈물 고였는데
어느새 흔적 없이 날리고
낙엽 따라 어디론가 떠나간다네.

보고 싶은 사람

그 가을엔 낙엽 질 거라 생각 못했는데
우수수 떨어지는 말라버린 모습 보니
그대마저 떠나버릴 것 같아
눈물자국 남기며 저린 가슴 파고듭니다.

기다리다 쪼그라져 버린 내 마음
울긋불긋 새 옷 갈아입고 반기던 날
그대 모습 보고파 기다립니다.

휘날리는 낙엽 주워 담아
그대 오는 날까지 세어보며
그리움 한 아름 묶어놓고
그만, 한없이 울어버렸습니다.

제목 : 보고 싶은 사람
시낭송 : 박영애
스마트폰으로 QR 코드를 스캔하면
시낭송을 감상할 수 있습니다.

고향에 살고 싶다

강직하고 억척스런 꿈이 많던 시절
힘겹다고 내 갈 길 팽개친 날이 야속하다.
멀어지는 세월에 잊지 못해
이제나저제나 바라만 보고 또 아쉽다.

어딜 가나 그리움에 항상
아련한 기억 더듬으며 한탄하지만
못 잊을 세월에 무릎 꿇었다.

피어나는 그리움이 진해져서
한 폭의 수채화처럼 가슴에 그려놓고
이젠 갈 데까지 가보자 한다.

지난 추억 묻어버린 고향 행적들
한 송이 두 송이 꽃처럼 피어난다.
내가 태어난 곳에서 살고
내가 자란 곳에서 살고파 갈망한다.

고향 친구

오늘도 몇 백리길 마다 않고
그리운 친구 모습 만나러 달려간다.
태어나서 함께 자란 고향 친구
어린 시절 추억이 소중하고 그리워서
내가 살던 그곳에 친구 따라간다.

반갑다 말하며 꼬옥 손잡아주고
크게 안아줄 수 있는 넉넉함으로
활짝 웃는 편한 친구가 있다.

환한 미소 보고파 설레고
마주하는 싱그러운 반가움에
모든 근심 걱정 까맣게 잊으며
함께 웃을 수 있는 시간이 좋다.

인생의 노고로 늘어난 주름은
환한 웃음에 찌그러져 보여도
함께 했던 어린 시절 동심으로 말한다.

눈에 들어오는 친구도 있고
마음에 들어오는 친구도 있다.
함께 자란 짝이 되어
안부 물어주는 묵은 우정은
오늘도 내일도 친구라서 좋다.

제목 : 고향 친구
시낭송 : 김지원
스마트폰으로 QR 코드를 스캔하면
시낭송을 감상할 수 있습니다.

내 언니를 그리며

생전에 달콤한 피붙이는 아니라도
내 인생의 빛나는 예쁜 언니였다.
육십 세를 넘기지 못한 그녀는
무한한 세계로 떠나갔다.

정체감에 뒷걸음쳐 있을 때
슬며시 기 살려주는 깊음을 주었다.
하고픈 말 너무 많아
높은 밤하늘 까맣게 바라보니
저편에 반짝이는 별이 예쁘게 웃는다.

고통도 외로움도 없는 저 하늘에서
영롱하게 비추는 별이 되었나 보다
아름다운 저 세상에 있다고
이젠 영원히 잘살아 보자고
밤새도록 손짓한다.

별은 이렇게 내 곁에 있는데
그녀는 성급하게 가버렸다.
가슴으로 파고드는 미소는
아련한 모습으로 사무치고
스치는 바람이 횅하다.

어머니의 한뉘

구부러진 논길 따라 올라가니
울퉁불퉁 비탈길 제멋대로 박힌 돌들이
요리조리 종종걸음 심심찮게 한다.

뫼 꼭대기 너렁청하게 벌거벗은 자갈밭
파릇한 어린 새싹들 다복다복 올라오고
골짜기 모퉁이 물소리가 새롭게 반긴다.

밭두렁엔 어머니의 까미한 얼굴
다 헤진 어머니 검정 고무신
촘촘하게 기워진 틈새로 힘겨움이 보이지만
억세게 갈라진 굳은 손발 한뉘의 괴로움이다.

듀륏체리 내민 쑥개떡에 주린 배 채우며
오므린 손 담아진 도래샘 쭈욱 들이키니
주름진 이마에 땀방울도 어느만큼 식어간다.

---

*한뉘 : 한평생. (살아있는 동안) / *뫼 : 산
*너렁청하게 : 탁 트여서 시원스럽게 넓다
*다복다복 : 풀이나 나무 따위가 여기저기 탐스럽게 소복한 모양
*까미한 : 얼굴이 까만 / *듀륏체리 : 늦게 얻은 사랑스러운 딸자식

누이 가슴에 묻고

슬픈 대본 속 배우도 아닌데
눈물 한가득 감당 못 하고
웃어주던 기쁨은 매정하게 떠났네.

누이동생 밤새 소곤대던 날
마주 보며 웃던 희망이 있었지
함께하는 시간 아쉬워 조급할 때
든든한 가슴으로 토닥여주었네.

떨어져 사는 세월 오래 못 봐도
매일 보는 거라 믿어주고
웃으며 다가와 주길 간절히 원했네.

바라볼 수도 마주 볼 수도 없는 엇갈린 세상
가슴에 묻어 놓고 생각날 때마다 꺼내보며
현실을 놓친 한숨과 오열에 서럽네.

너무 보고 싶어 함께 한 모습에
몸부림쳐도 돌아오지 않고
서러워서 목메어 가슴만 치네.

하늘땅 모든 만물 정지되고
함께 보낸 폰 문자 소중한 흔적에
들썩이는 어깨 쓸쓸한 믿음이
환한 모습 살며시 웃고 있네.

아마란스 꽃

요염하게 내미는 너의 손길
뙤약볕에 잘 영글어 가는
화려한 그대 사랑이 온다.

탐스러운 자태에 반하고
고운 빛깔 피어나는 기쁨
힘찬 미래를 약속한다.

가뭄에 허덕이고
비바람 몰아칠 때도
일편단심 사랑에 몸 바친다.

날마다 신비스러운 너의 희생에
올려다보는 내내 눈빛 커지고
오가는 길, 장승 되어 지켜준다.

백의의 천사

고속으로 오르는 계단 길
높이높이 급하게 내달린다.

아무도 보이지 않는 외로운 길
한없이 달리는 동안 무슨 생각이 들까
막바지 길에 이르렀을 즈음
하이얀 천사가 있었다.

완강하게 발을 걸어 주저앉히고
무릎 꿇어 간절한 기도를 바치는 동안
함께 있어 힘이 난다.

아무도 끼어들지 못하는 순결한 가슴에
붉은 자국 남기려는 순간 놓치지 않고
말끔히 눈부시도록 씻어 주리라.

옛날이야기

옛날 옛적 어느 산골에 이남 사녀가 살았대요.
가문의 아들, 땅 팔아 대학 보낸다더니
첫째 아들 오십도 안 되어 저 세상 가고
둘째 아들 오십 하나에 급하게 데려가 서러운데
제일 예쁘다 칭송하던 딸, 육십에 저세상 갔네요.

그중 셋째 딸, 언니들 동생들에 치어
밤이면 뒤뜰에서 혼자 서럽게 울었대요.
부모 몰래 학교 입학통지 내고 돌아와
밤새 꾸중 들으며 또 울었대요.

삼 년 동안 모진 구박 속 배움은
모범생 되어 명문학교로 발탁 되었는데
삼일 밤낮 조르다 지쳐 가방끈 놓아버리고
그 길로 심성 고운 딸 반항아로 떠돌았대요.

산전수전 원 없는 대학졸업에
희로애락 훤한 길 못 보고 가신 부모님
한번 살다 가는 인생 왜 그리 꼬인 일 많았던지
애통하는 여식의 슬픔이네요.

좁은 길 넓은 길 원 없이 가고 싶어
험난한 길 따라가다 비집고 나온 세상
죽을 고비 넘기며 절벽인 줄 알았는데
저마다 피어나는 향기 꽃들이 만발하고 있네요.

피붙이 원망에 한을 가진 세월
실타래 풀어가듯 인내한 세상은
꿈 많은 하늘 수없이 바라본 인생
남은 세 자매 모든 시련 이겨내는 두려움에
각자의 인생에서 남은 미소로 살았대요.

다 못 살고 간 한 맺힌 영혼 때문에
더 많이 지혜롭게 살자고 다짐하며
까만 밤하늘에 별 바라볼 때면
유난히도 할 말이 많았다 하네요.

해바라기

담장 너머 길게 내민 동그란 얼굴
기다리는 그 임이 지금껏 오지 않아
가슴이 까맣게 타버렸네.

구름 한 점 없는 파아란 하늘 위로받으며
아침 이슬 먹은 촉촉한 싱그러움에
활짝 웃어주는 꽃잎 미소로 마중하고 있네.

오랜 시간 기다리다 지친 근심에
고개 숙인 모습은
방긋 웃어주는 이웃이 있어 힘을 낸다네.

어느새 부쩍 자란 키에
저 너머까지 내어다 보며
바람 따라 임 오시는 길 행진으로
우리 모두 신나게 춤을 추네.

어머니

홀어머니 살아 계실 제 여름 농사철에
때 지나 찬밥 말아 드신 빈 그릇 바라보며
울컥 눈물 보이기 싫어 가슴에 못 박아드렸습니다.

얼마 전 사드린 달걀 당신 입에 넣지 못하시고
냉장고에 꽁꽁 얼어 터진 얼음덩이로 굴러다닐 때
자식들 먹이려 아껴둔 어머니 마음 알면서도
소리 높여 마음 상하는 핀잔만 해드렸습니다.

이젠 어머니라 부를 수 없는 날 되어
서러워하는 못난 딸 가슴에 멍들었습니다.
어머니를 다정하게 불러 드릴 수 없고
보고 싶어도 만날 수 없는 날들이 얄궂습니다.

어머니의 서운한 사랑만 담았던 여식은
이제야 어머니 사랑 알았는데
보여드릴 수 없어 후회하는 아픈 날만 되었습니다.
어머니 계신 그 여름날이 그리워 사무치는데
뜨거운 눈물 북받치는 설움만 남았습니다.

하염없이 불러도 지치지 않을 이름
어머니! 어머니!
목매여 메아리로 불러드리오니
오늘 밤 꿈속에서라도 꼭 뵙고 싶습니다.

옥수수의 자화상

반가움에 활짝 미소 지으며
그렇게 나를 기다렸든가.

가지런히 잇몸 드러내어
무슨 말을 하고 싶을까

찰랑거리는 머릿결에 숨죽이며
가슴에 설레임 가득하다.

크게 웃는 너의 모습
탱글탱글 터질 것 같은 볼에
내 마음 흠뻑 빠져버린다.

주체하지 못 한 기다린 순정은
그만 덥석, 네 얼굴을 끌어당겨
진하게 입맞춤한다.

천천히 살고 싶다

숨 가쁘게 살아온 많은 날
천천히 마음 담아 살고 싶다.

슬픈지 기쁜지 표정만 살피지 않고
깊은 숨결까지 어루만져 주는

길 가다 꽃을 보면 예쁘다가 아닌
어떻게 예쁜지 함께 미소 짓고 싶다.

너만 나를 바라보지 말고
나도 너를 바라보며 눈 맞추고 싶다.

거리를 나서면
반쯤 진행된 신호등에 종종걸음치지 않고
기다리는 여유를 갖고 싶다.

어쩌다 한번은
바닥에 나뒹구는 휴짓조각처럼
이리저리 방구석에 처박히고 싶다.

수제 명품 그릇 하나

닦아놓아도 붙여놓아도 돌아보지 않는
이름 없는 그릇 하나 놓였습니다.

금테 두른 친구 그림자 따라가다
강풍에 날아간 곳에 홀로 남았습니다.
추운 겨울 서리 내려도
미끄러져 나뒹굴어 져도 깨지지 않았습니다.

따뜻한 날 아랫목에 몸 녹여주지 않아도
인내한 단련에 견디었습니다.
외딴 섬 홀로 남겨져
거센 물결파도 따라 휘말렸을 때
소용돌이 지혜로 튀어 올랐습니다.

가시밭길 꼼짝할 수 없어도
꽁꽁 얼어붙어 떼구루루 굴러다녀도
오랜 숙련 비바람 견디었습니다.

문득 보인 한 점 빛에
사계절 장인정신 꼼꼼히 닦아보니
금테 두른 명품보다 수제 명품이었습니다.
단 하나의 수제 명품 그릇 하나
따끈한 밥 한 그릇 지어 올리겠습니다.

제목 : 수제 명품 그릇 하나
시낭송 : 박영애

스마트폰으로 QR 코드를 스캔하
시낭송을 감상할 수 있습니다.

남매

부모 닮은 유전자로 태어나
서로 다른 가슴으로 세상을 산다.

난생처음 가족 되는 소중함은
기쁨과 사랑의 믿음 되어주고
예쁜 유전자를 닮아 자랑하는 보람도 있었다.

아들이라 장담했던 서운한 아픈 딸도 있고
가문의 아들자손 얻은 하늘에 감사하며
고달픈 세상살이 행복의 낙이라고 우기는 세월에
늦게 얻은 재롱둥이 시대의 행운은
웬만큼 장성한 애처로는 자식이었다.

부모는 자식 위해 살이 찢기고 뼈가 으스러져도
그저 바라보기만 해도 고달픈 줄 모르는 희망에
가슴 움켜쥐는 고통도 기쁨의 치유로 살며
인생사는 법으로 힘겨운 사랑 보여주었다.

말하지 않아도 보이지 않아도
헤아리는 부모의 법으로 위로하며
서투른 말 한마디 끈끈한 사랑으로
새로 맞는 세월에 통달을 전한다.

그대와 함께

따스한 볕은 내 곁에 함께 길을 나서고
그대는 행복한 미소 보이며
매일매일 있어 주는 삶이 행복해서
바라볼 수 있어 고맙고 그대 따라 살아갑니다.

나란히 함께 가는 세상이 행복해서
그대와 존재하는 날들에 설레임 넘치니
오늘도 내일도 사랑한다 고백하며
순간들의 영원한 기쁨을 전합니다.

신록이 우거진 화창한 길에
활짝 꽃피우는 미소 따라 함께 걸으면
슬며시 손잡아주는 그대와 새처럼 날개 펴며
불타는 태양 아래 사랑이 넘쳐납니다.

그대와 숨 쉬며 풀꽃을 바라보는 날
살아있는 모든 세상을 기쁨으로
감사하는 가슴이 벅차오르면
박차를 가하는 길을 또 걸어갑니다.

지금 이 순간의 감사함이 가득해서
정열적인 심장 소리가 힘차게 들려옵니다.
온 세상 행복함이 넘치는 가슴은
기쁜 눈물만 원 없이 흘릴 겁니다.

비 오는 날 책을 펴고

빗소리 반주 삼아 작은 밥상 하나 옮겨
길게 책을 늘어놓는다.
바닥에 뒹구는 먼지가 눈에 띄고
엄지 검지 족집게로 휴지 말아 훔쳐낸다.

작정하고 바닥에 앉은 다리 등을 세우고
글자 하나하나 눈싸움이라도 하듯
눈동자 고정하고 굴려보며
저려오는 발가락을 꼼지락거린다.

큰맘 먹고 슬쩍 책장 넘기는데
방해하는 유혹에 눈 돌아가며
따끈한 커피 한잔 목을 축이다
스치는 생각에 벌떡 몸을 일으킨다.

안쓰럽게 닳아버린 몽당연필
또르르 굴러가다 뒤채여 부러지고
저만치 튕기는 연필심에 안타까운 마음은
가슴에서 철렁하는 소리가 난다.

밖에 내리던 세찬 빗소리 잦아들어 위로하고
내 탓이오 내 탓이오
책을 사랑하지 못한 분명한 내 탓이로다.

비의 환호성

밤새 내린 빗소리 자장가 삼아
편안한 긴 잠에 눈을 뜬다.

창문 밖에 넘치는 세찬 소리
뜨겁게 내리쬐던 태양도 잠시 물러간 사이
빗소리 정겨워 힘찬 새날을 본다.

바쁘게 떨어지는 낙숫물 소리
빗길 달리는 자동차 소리
우비 쓰고 달리는 오토바이 소리
아침을 설레게 하는 기쁜 환호성이다.

가뭄에 목마르던 지난날 생각에
힘찬 빗소리 콧노래 흥얼거리며
더 많이 실감하려 현관문을 활짝 연다.

백일홍

남쪽에서 바람 불어 고맙던 날
뜰 앞 화단에 뿌리내려 가족 되었다.
오가는 발길 반겨주는 미소가
외로운 한 송이 미안했는데
활짝 핀 붉은 꽃 어느새
열 송이 마주 보며 재잘거린다.

뿌연 흙비에 상할까 마음 졸이며
한 잎씩 닦아줄 단비 기다려도
하늘빛 청정하기만 하여 애만 태우고
백일동안 지키려는 자태 인내하며
고마운 비에 생기 찾아 날개 달았다.

꽃잎 떨어질까 조바심 가슴 졸여도
늘어나는 닮은꼴 봉우리 바라보며
든든하게 지켜주는 평화를 본다.
층층 꽃잎 속 꽃가루 찾아온 꿀벌도
활짝 핀 꽃잎 향기에 빠져든다.

엄마 닮은 판박이라 놀려도 좋고
아빠 닮아 억센 솜털 굵혀도 좋아
처녀 넋 되기 전 붉은 사랑 만나고
제 짝 찾아 싱글벙글 뜰 앞이 환하다.

바람이고 싶다

푸른 하늘 넓은 들판에
설레는 바람이고 싶다.

오곡 풍성한 들녘 낟알에
스치는 바람이고 싶다.
뜨거운 햇살 지나
긴 밤 꽃 피우는 가을에
반기는 바람이고 싶다.

먼 산에 오색 물든 단풍처럼
찬란한 바람이고 싶다.

행복을 느낄 때쯤

어릴 땐 부모의 법칙으로 사는 인생
세상 살아가는 전부인 줄 알았다.

그 안에서 모든 걸 보호받으며
살아있는 험한 인생 헤쳐가고
부모자식 생기는 일 부딪히며
살아내야 하는 인생이었다.

세상 지식에 크게 눈뜨는 사이
인심의 중요성 환경 따라
살아가는 희로애락 지혜로
행복 찾는 인생을 알아간다.

행복을 느낄 때쯤
때늦은 후회에 가슴을 치지만
미래를 약속하는 희망에
밝은 세상을 다시 만든다.

한가위

팔월의 큰 달 휘영청 떠오르니
모든 만사 제치고 만나러 나왔네.

가로등 시샘하여 나란히 떠오른 보름달
언제든 바라보던 그 빛을 닮았네.

가뭄에 먹구름 속 숨바꼭질하더니
캄캄한 하늘에 중추절 날 찾아와
강강술래 함께 하러 왔나
보름달 맞이하는 소원 들으러 왔지.

올해 농사 풍년들고
농부 웃음 마중하여 모두가 환하네.

온몸 세포 속 활기 주는 달빛은
올해도 어김없이 빛나고
우리 부모 무병장수
우리 자식 화목을 소망한다네.

산소 가는 길

고향에 부모님 자식 가는 길 반기며
산 비탈길 탐스러운 밤송이도 손짓한다.

나란히 누워 계신 아늑한 그곳에서
마음 활짝 열어 함께 소곤대며 마주 보고
자식 마음 활짝 열어주니 함께 어우러진다.

띄엄띄엄 야무지게 뿌리 내린 쑥 뽑으려다
쑥 향에 취해 지난날 그리움이 사무친다.

덥수룩한 풀 섶 야무진 낫질에 쳐 내리고
단정한 머리 반지르르한 아버지 모습 떠올라
어머니도 활짝 웃어주실 것 같은 미소 지으며
바람결에 스치는 머릿결도 함께 춤춘다.

 불쑥 날아든 잔디 풀 섶 사이에
방아깨비 한 쌍 놀라 등에 업힌 채 뛰어 다닌다.

아늑한 산속 그늘 기울어갈 즈음
시원한 가을바람 이마에 흐른 땀 식혀주며
아쉬운 발길 다시 올 약속을 또 한다.

나를 사랑하는 법

사는 게 너무 가혹해서 자신에게 인색하게 살았다.
지난 세월 모른 체하며 뒤도 돌아보지 않았다.
앞에 놓인 길이 너무 막막해서 비집고 가느라 몰랐다.

눈물로 위로받고 한을 키워 쌓는 동안
내 몸에 들어선 악성이 끝장을 보자고 한다.

나를 사랑하는 법을 만들고
나를 사랑하며 나에게 칭찬하니
이겨낸 인내에 감사함이 찾아든다.

잘하는 일마다 상을 주고
온갖 나의 세계에서 살아가며
오롯하게 충실하며 나답게 살 것이다.

길다면 길고 짧다면 짧다는 인생에서
실감 되었을 때 감사함을 알게 되며
나를 알고 나를 사랑할 수 있을 때
행복이 찾아온다는 걸 깊이 알게 된다.

파도

망망대해를 바라보며 바닷가를 뛰어가니
저만치 무섭게 썰물이 쳐들어오네.

지난여름 저 파도와 함께 한바탕 웃었는데
차디차게 바라보는 지금은
차마 파도를 탈 수가 없네.
거세게 왔다가 슬며시 달아나는 밀물이 되면
장난꾸러기 아이들도 붙잡으려 달려가네.

발밑 모래 속에서 불쑥 나온 돌 게 따라
아장아장 흉내 내다 우왕 울어버리는
아이 엄마 달려와 손 집게로 잡으려다
물린 자리 부어올라 아이 울음 그칠 줄 모르네.

언제나 기억 속에 떠오르는 파도는
영원한 나의 기쁨으로 다가왔네.

파도여!
먼 바다에 나가면
큰마음 품고 다시 돌아올 거라 믿으며
너와 함께 한 추억에 내 가슴은
다시 새로운 큰 뜻을 품고 있다네.

그리운 고향 길 따라

새벽에 눈 뜨면 까치가 얄궂도록 짖어대고
꿈속 헤어나지 못하는 날의 반가움이었네.

소녀 시절 학교 파하고 돌아오는 길이면
산딸기 오디 머루 다래 허기진 배 채우려
찔레 꽃피는 계절 찔레 꺾으러 가다
똬리 틀며 넘실대는 독사에 쫓기었네.

보리수 따러 야산 올라가다
갈나무 꺾어 만든 장대로
개구리 쫓아가며 휘두르다 땡벌에 쏘여
뒤통수에 벌침 맞고 몇 날 며칠 산에도 못 갔네.

앞개울에 나가면 주전자에 다슬기 잡아 와
달밤 쪽마루에 둘러앉아 정답던 시절
가을이면 벼 베어 누인 논바닥 밟으며
메뚜기 잡아 강아지풀에 주렁주렁 매달았네.

시커멓게 드러난 논바닥에 살얼음 얼 때쯤
발밑에 꿈틀대는 미꾸라지 움켜잡고 놀라며
통 매운탕 어적어적 즐겨 먹었지.

고향으로 가는 발길 기쁨에
뭉게구름 타고 두둥실 날아가고파
어릴 적 꿈을 먹고 자란 고향이 그리워
해마다 찾아가는 행복이 오네.

제목 : 그리운 고향 길 따라
시낭송 : 김기월

스마트폰으로 QR 코드를 스캔하면
시낭송을 감상할 수 있습니다.

어린 담쟁이

양지바른 모퉁이 돌며
굳은 손바닥 너무 애처로워
함께 잡아주고 싶어 다가가니
너의 숨결 따뜻한 온기로 반겨온다.

작고 여린 손 놓칠까 바라보니
비추는 햇살 가을바람 좋아
울긋불긋 옷 갈아입고
먼 산으로 나들이 가자 한다.

계절 착각에 빠진 장미꽃 바라보다
반짝 빛나는 거대한 넝쿨에 걸리고
나란히 손잡은 어린 담쟁이 모습에
짓눌리는 담쟁이도 빙그레 웃는다.

돌담 따라 오르는 하염없는 인내
저 너머엔 초겨울 손님이 기다릴 것 같아
으스스한 몸 사리며 새 옷을 갈아입는다.

싸리 꽃

끈질긴 인내에
진분홍 붉게 타오르는 사랑
달콤함이 사르륵 다가온다.

산들바람에 스치는 해님 모습
해맑은 미소 순백을 바치며
여린 꽃잎 성숙되어 간다.

촉촉이 머금은 아침 이슬 꽃
은구슬 따라 나뭇가지 끝으로
슬픔이 매달린 채 반짝거린다.

꽃 질 무렵 아련히 떠오르고
대바구니 짓던 아버지 모습
사립문으로 다가올 것 같은 그리움
가슴 깊이 눈시울 적신다.

어머니의 삶

계모 같은 슬하에 키도 자라지 못했다.
한겨울 살림 맡아 빨래 나가면
꽁꽁 얼어붙은 개울물이 을씨년스럽다.
방망이로 얼음 깨니
고사리 같은 손 벌겋게 얼어들고
쌀겨로 빚은 수제 비누 거품도 일지 않는다.
수북이 쌓인 빳빳한 광목 옷가지들은
방망이로 두들겨야 구정물이 빠진다.

물감 먹은 옷가지는 오염되지 않게 두들기고
언 손으로 속옷은 야무지게 비벼 빨지만
떠다니는 얼음물엔 구정물이 잘 지워지지 않아도
야무진 작은 손엔 반나절에 빛을 찾는다.
차디찬 손발은 타인의 것처럼 저려오지만
발을 질질 끌며 사립문 들어설 때
앞마당에 새끼 꼬던 아버지 한달음에 반기시고
언 손 움켜쥐며 화롯불에 천천히 녹여주신다.

철모르는 십 삼세에 억척스런 신혼살림 시작되어
논밭일 마다치 않고 집 두 채와 전답을 마련하셨다.
힘겨운 고난으로 육 남매 길러내시고
많이 아픈 자식 가슴에 묻던 날
따라갈 수 없는 체념 인내는
남은 자식 정신으로 연명하며 살았다.

어머니의 삶은 자식들의 둥지 되고
자식 기억 놓지 않으려 애쓴 어머니의 철학은
한 자식씩 이별 고하는 유언 남기며
천지가 합장하여 평화롭게 보내드렸다.

산수유 서리

과수원 밭둑 사이로 빽빽이 들어선 충충나무들
배앓이에 좋다던 산수유에 입맛 들던 무렵
동네 아이들 간식거리가 되었다.

주머니 두둑한 점퍼 입은 아이
허리에 보자기 접어 두른 아이는
또래 아이들과 밤이 이슥해지기를 기다리다
발소리 낮춰 산수유나무 밑으로 기어든다.

대궁 굵은 나무 발 디디고 올라가면
빨갛게 탱글거리는 열매가
풍성한 잎 사이로 탐스럽게 매달려있다.

콩닥거리는 가슴 떨리는 손놀림 숨죽이며
번들거리는 아이의 눈동자 신호는
일제히 몸을 날려 산수유 밭을 빠져나와
한 치에 망설임 없이 일사천리 성공이다.

묵직하게 움켜온 푸짐함 펼쳐 놓고
입안 가득 퍼지는 새콤달콤 그 맛은
숨죽인 시간 보상하듯 맞잡은 손 흔들며
행복한 웃음 당당한 쾌재를 부른다.

바람이 분다

태풍도 아닌 것이
머리카락 날리며 한쪽 뺨을 내리친다.
푸른 담쟁이 넝쿨 기운 받아 왔는지
겨울도 아닌 것이
이렇게 세찰 수가 없다.

시샘 부리는 장대비가
찬 기운 냉랭함 부추기고
이겨내려는 표정이 눈살을 찌푸린다.

봄바람이 물러간 듯한데
초여름 더운 기운 슬며시 찾아오더니
무얼 시샘하려 용을 쓰는가보다
활짝 핀 우산이 날아가다 멈추고
몸으로 스며드는 비바람이 얄궂다.

다시 편 우산 속 함께하니
고맙다는 너와 나 아늑한 입김에
모두가 활짝 피어난다.

모진 비바람 물러가면
이마에 흐르는 땀방울 씻어주었던
싱싱한 초여름의 시원한 바람을 기다린다.

향기로운 꽃이 되었다

산 좋고 물 좋은 경관 바라보며
자연이 주는 모든 양분 먹고 자랐다.
온 천지의 벗이 있고
만물이 노래하는 사랑으로
희망의 봉우리 피었다.

완전한 꽃이 되기 위해
비바람도 감사하는 보람으로 인내했다.
아침이면 촉촉한 이슬 먹고
계절에서 주는 경이로운 공간 속에
꿈을 먹고 자란 향기를 품는다.

새들이 노래하는 곳에서
비바람 함께 맞으며
태양 아래 뜨거워 숨도 못 쉴 때
여우비에 목축이던 강인한 내성
오래 품어내는 향기로 피었다.

나 이제 그들에게 행복 날개 달아주며
두 팔 벌려 맞아주려 한다.

시련 없이 피어난 꽃이여
향기가 웬 말인가
세상사 겪어보지 않은 향기 없는 꽃은
어느 누가 입 맞춰 줄까나
오늘 밤은 꽃향기에 마음껏 취해보자.

제목 : 향기로운 꽃이 되었다
시낭송 : 박순애

스마트폰으로 QR 코드를 스캔하면
시낭송을 감상할 수 있습니다.

창덕궁 후원에서 숨 쉬며

돈화문을 지나 후원을 들어서니
자연의 절경과 아담한 정자가 한눈에 보이고
슬며시 고개 든 연꽃이 해맑은 인사를 한다.
줄기 따라 덮고 있는 연잎은
싱그러운 활기로 힘차게 뻗어가며
눈부시게 바라보는 눈이 시원하다.

둘러선 행인들의 카메라 셔터 소리에
출렁이는 뿌연 물결 연못 속 생물들이 웅성거리고
정자 한가운데의 노랫가락 춤가락 떠올리며
모든 만물 숨소리 신선함이 절로 느껴진다.

길 따라 안쪽으로, 다양하게 구부러진 갈래 길은
숲 속 비탈길을 따라 들여다보게 하고
신선이라도 나타날 것 같아 아련하게 바라다보며
모든 시름 복잡한 세상 다 잊고 싶어서
자연에 물들어 버린 순간이 행복하다고 말한다.

옥류천의 물결이 굽이굽이 세찼을 거라 떠올리며
왕실 가족의 휴식공간에 왕족이 된 느낌 되어
옛 선조들이 고궁을 거닐며 살았을 즈음
흔적 없는 이곳에서 그들은 무엇을 생각했을지
깊숙한 안쪽으로 침묵한 이 길을 거닐었을 것이다.

시대에서 바라보는 차원이 다르지만
자연과 더불어 숨 쉬는 순간은
행복하다고 말할 수 있음이 동심이라고 생각 든다.
팔을 올려 손짓하며 궁전의 그네들이
이쯤에서 있을법한 일들을 회상하며
그려보는 현실이 그들과 다를 바 없다고 상상한다.

피아노 독주회에 빠지다

잔잔한 흐름으로 청각을 지나
두뇌 지시를 개시하고
가슴을 두드리는 울림이 시작된다.
공중으로 치솟는 전율에 새가 되어
한쪽을 따라가며 화음에 취한다.

자장가 되려다 파도치는 소리에
큰 물결 휩쓸려 온몸이 밀려들어 간다.
물속 깊이 곤두박질치는가 싶더니
이내 빠져드는 날개 펴고
휘영청 허공으로 힘차게 날아오른다.

바다를 지나 들판으로 치닫는 순간이
마음껏 자유롭게 날아다니는 새는
살쾡이 손아귀에 순간 물렸다.
빙빙 돌려 부르르 떠는 모양새는
어찌하면 좋을꼬

날아라날아라 미치도록 날아보자
신들린 영혼처럼 가눌 수 없는 순간에
이대로 원 없이 마음껏 놀아보자
이 순간 행복한 세상 따라
온몸으로 고꾸라질 것 같은 소용돌이는
쉬지 않기를 간절히 원한다.

용솟음치는 북소리에 정신 깨어
화음을 타고 돌아오는 리듬은
멋진 승부로 돌아와 장렬하게 멈춘다.
건반 위에 신들린 손끝 떨림의 선율은
반짝이는 영혼 속에 벅차오르는 기쁨이고
가슴속 파고드는 여운으로 넘쳐나고 있다.

당신

설레임 가득 안고 만나던 날
기쁨으로 당신 안에 들어왔지.
사랑에 자신감 믿으며
추구하는 빠른 인생 맹세했네.

갈라진 바닷물도 다시 만나듯
당신과 만난 인연 감사하자 했지.
체념보다 차라리 태양을 바라보며
함께 하는 행복 모두 걸었네.

미래를 약속하며 나란히 걷는 길
힘찬 발자국 남기자 했지.
두려울 것 없던 어느 날
캄캄한 세상 허덕이다
수평선 너머 당신 모습 발견했네.

고운 길 아닌 안갯속이라도
함께 머무는 자리 바라보며
돌아가는 먼 길 따라 미래를 보네.

오해

가슴으로 꽂히던 날 이후
삶이 무너지고
또 다른 인생도 무너졌다.

밀어내려 안간힘을 썼건만
질기도록 딱지가 되어
강산도 변한다는 세월이 갔다.

가슴 한편 문득문득 괴롭히며
더 큰 무게의 오해가 되어
많은 가슴 멍들게 했다.

지워버릴 수 없고
떠밀어 보려고 하지만
도전의 승부는 끝이 없을까

승부가 되기를 희망하며
지난 세월 가슴을 향해
명쾌한 도전을 날려본다.

지하철의 흑백

출근 시간 빡빡하게 계획된 시간에
눈앞에서 만원 전철을 놓치고 말았다.
이번엔 놓치지 말자 가슴 졸이다
작정하고 파고드니 그들 틈에 끼어들고
정착지로 가는 지하도를 함께 달린다.

한 공간에 갇혀있는 이들은
각자의 정해진 일터를 향해
교통 체증 없이 그대로 데려간다.

중년 신사 다리 힘주어 문에 기대서며
모자란 잠 채우려 눈을 감고
출근 시간 말단 사원 아가씨는
재촉당하는 문자 메시지에 신경전을 펼친다.

환승 전철 타는 연결 호선에 옮겨가니
암흑으로 내달리는 방향이 지루할 때쯤
창문 밖에 눈부신 햇살 스친 잠 깨운다.
지상으로 올라탄 환한 세상의 경전철이
이제 천천히 가도 좋다는 생각이다.

반쯤 감겼던 실눈에 강한 햇볕 찾아들 때
환한 빛 정신 깨우니 창문 밖을 내어다보고
외부에 빠르게 지나가는 사물들은
묶여있던 생각들을 풀어놓게 한다.

쌀쌀한 이른 봄바람은
성급하게 기다린 마음 헤아리고
마냥 좋은 이 순간에 미소 지으며
다가오는 정착지가 더 멀었으면 좋겠다.

덕수궁을 돌아보며

고즈넉한 고궁으로 조선시대를 떠올리며
지혜롭게 살아 내온 숙련된 기품은
배어있는 정기로 활기찬 기운을 느끼게 하고
고종황제의 맥을 잇는 전통이 생소하게 다가온다.

일제 때에 뼈저리게 겪어낸 숨결에서
피땀으로 일궈낸 역사를 둘러보며
선조들의 증언을 기억하려 더듬어본다.
온통 까맣게 그을린 고목들이
백년 전후 화재 때의 진상을 다시금 기억시키고
궁궐을 지켰던 자태로 위엄을 기리며
전통을 지켜온 굳센 의지가 자랑스럽다.

목마름에 생기 잃은 호숫가는 쓸쓸하게 보이지만
아름다운 고궁을 지키려 자애로움 새기며
작은 소견으로 바라보는 자신이 부끄럽다.
덕수궁 돌담길을 이어 걸으며
기품으로 보존되는 향취에 서성거리다
호숫가를 마주하는 찻집 창가에 자리 잡고 앉았다.

창밖으로 펼쳐지는 화목을 마주하니
장엄한 발자취를 남기기 위해 셔터를 누르며
그윽하게 풍기는 차향의 맛이 더욱 진해진다.

아침 식탁

시간을 다투는 이른 시간 앞에
눈빛만 보아도 할 말을 짐작하며
식탁 앞에 나란히 줄 맞춰 앉았다.

사랑 듬뿍 식감으로 정신 활짝 깨워주고
정성 가득 담아 색감으로 미소 얹어 주며
보글보글 끓어오르는 활기로 환해진다.

한입 물고 오물오물 오감의 식욕으로
각자의 정해진 일과를 알아주며
몸과 마음의 아침을 새롭게 연다.

눈에서 멀면 그리워지고
마주 보면 미소도 소진되어가지만
함께 있는 마음을 소중하게 알아본다.

눈물샘을 자아내는 아이들은
무한의 잠재 속에 감동을 자극하며
세월 속 희로애락의 배우로 만들고
담아낸 식단에 희망찬 미래를 약속한다.

시인을 만나러 간다

시대의 선배 시인을 만나기 위해 긴장하며
첫 만남에 설레임도 가득하다.
들리지 않던 시계 소리가 들리기 시작하고
점점 빠르게 초바늘이 가고 있다.

토요일을 맞은 대학로엔
이리저리 바쁜 사람들로 부딪치려 하고
날렵하게 몸을 피해야 무사히 빠져나갈 수 있다.

정해진 강의실을 향해 주위를 서성거리니
곳곳에서 모여드는 사람들로 붐비고
그들 틈에 끼여 조바심을 가지고 합류한다.
바쁜 걸음에 중간자리 겨우 차지하니
구면 인사하며 웅크린 얼굴도 활짝 편다.

시인과 시인이 만나는 경계에서 화합하고
경청하는 조언의 시어들을 공감하며
영향관계가 되려고 시선 집중한다.
빼곡히 받은 프린트지 시인의 자작시는
해설과 함께 더욱 명시로 탄생하는 순간이다.

모정(母情)

내 한 몸 살자고 보낸 세월
잊은 건 아니다 잊을 수 없다.

내 수족 내 가슴 내 모든 것에
이끼처럼 달라붙어 지니고 살았다.

무책임 무관심처럼 보였던 날
맑은 하늘 침묵한 세상에
죄수처럼 구부린 몸과 마음은
눈이 있어 눈을 뜨고
코가 있어 숨을 쉬며 연명할 수 있었다.

눈앞에 있어도 보고 싶고
눈을 감아도 네가 보여서
환한 세상 열등에 일그러지는 인생은
포근한 가슴에 꽁꽁 묶어놓았다.

세월 지나 오랜 공소시효 잊힐 줄 알았는데
사무치는 사연 뼈저리게 다가오고
눈앞에서 보내는 초점을 뗄 수가 없다.

제목 : 모정
시낭송 : 박태임

스마트폰으로 QR 코드를 스캔하면
시낭송을 감상할 수 있습니다.

85

억새 길 따라

비바람에도 꺾이지 않는 억새 따라
행인들 사이로 길을 걷는다.

너울거리는 손짓에 솟구치는 희열
너의 품으로 바람을 피하며
반쯤 고개 숙인 겸손한 내면을 본다.

억새꽃 피운 향연에 너를 만지며
포근히 감싸주는 따뜻함에
날아드는 말벌도 꽃길 찾아 쉼 해본다.

은빛 물결 눈부시게 다가올 때
날아가는 마음 미소 추억을 담는다.

마주 보는 목마른 갈대 강가를 그리며
빛 따라 반짝이는 은빛 억새 바라보다
가을비가 내릴 것 같은 먹구름도
나란히 해맑게 올려다본다.

보이차를 마시며

아주 뜨거울 때 후후 불다가
구수한 맛 기대하는 호기심은
한 모금 후루룩 단숨에 마신다.

따끈한 열기가 체온을 올려주고
몸과 마음 퍼져가는 희열을 느끼며
숨 한번 참아 내쉬고 행복감을 가득 담는다.

찻잔이 식어갈 때쯤 차향이 진해지는 만큼
정화되는 편안함을 크게 나누는 아량으로
품어내는 은은한 향에 흠뻑 심취해간다.

더 바랄 게 없는 순간을 음미하다가
점점 줄어드는 조급함에
그만, 단숨에 마셔버리는 아쉬움을 남긴다.

진하게 담겨졌던 깊은 흔적 여운을 주며
송골송골 이마에 맺히는 땀의 개운함까지
내일의 희망찬 다음 약속을 한다.

내 인생은 롤 스트레이트

거침없는 당당함의 자신감은
목표를 정하면 변심 없고
탄탄대로 가는 길이 놓여진다.

기쁜 날엔 환영하는 꽃장식 세팅하고
드레스 길게 늘어트린 고고한 자태 되어
매끈하게 풀리는 일에 빛나는 기품이다.

오가는 길 멋지게 환영하고
흐트러지지 않은 행렬로
바람에 나부끼는 당당함이 요염하다.

기력 좋은 탄탄대로 있어
솟구치는 즐거운 인생길 있고
가고 싶은 곳으로 날아가니 자유롭다.

흐트러지지 않는 강인함과
끝까지 도전하는 용기는
행복한 결과를 달성한다.

제목 : 내 인생은 롤 스트레이트
시낭송 : 박순애
스마트폰으로 QR 코드를 스캔하면
시낭송을 감상할 수 있습니다.

88

여자의 일생

아들 귀한 집 딸로 태어나
죄인 아닌 죄인이 되었습니다.
생각하지도 말며 행동하지도 말라는
어리석음을 배웠습니다.

수많은 날 매달리는 희망은
가슴에서 방망이 치는 소리에
인내심 나무를 심었습니다.

때론 외롭고 두려워도
넓고 푸른 하늘 바라보며
꿈꾸는 감수성으로 자랐습니다.

가던 길 멈추지 않고
비가 오나 눈이 오나 인내하며
홀로 달려온 길이 있습니다.

정체를 알고 전진하는 세월에
남녀평등 외쳐도 변하지 않는 인생은
살아가는 지혜를 배웠습니다.

점점 뜨거워지는 태양처럼
날이 갈수록 밝아지는 달빛처럼
환해지는 세상을 바라다봅니다.

내 사랑은 어디에

눈 뜨면 내안에 있고
언제나 함께하는 그림자가 되었다.

때론 보고 싶어 사무치는데
냉정하게 보이는 서투른 사랑 의식

빼곡히 쌓인 사랑이
천천히 나를 부르지만

때론 열등의식으로 옷깃을 흔들며
따뜻한 가슴 확인하려 달려든다.

보이지 않는 사랑이 외로웠는데
알고 보니 내 사랑은
환하게 비추는 달이 되었다.

시속에 내가 있다

새벽에 눈뜨니 시상이 떠오른다.
나의 두뇌 나의 가슴이 시키는 대로
이 가을엔 어디론가 떠나고 싶다.

내 마음 벌써 창문 밖으로
오색찬란한 산과 황금빛 출렁이는 들에서
사색하는 가을 여인 되어 서성인다.

시를 따라 거리를 나서면
보이는 모두 갈 곳 많아
시속에 내가 있어 따라간다.

머무는 자리에 떠오르는 향기 더하면
상상의 나래로 날아가고
가을바람 돌아오는 발길엔
슬픔에 젖은 눈물 말리며
환하게 웃어주는 시속에 내가 있다.

문이 열린다

한 가지씩 떠오를 때마다
새 희망이 자라기 시작한다.
뭐든 감사하는 기쁨 충만함으로
천 리 길을 내다본다.

한 걸음씩 떼어가는 발자욱에
보람 한가득 그림자 남기며 추억을 담는다.
더 넓은 세상 다가올 인생 걸어보며
자꾸만 큰일이 터진다.

문이 열린다 문이 열린다.

내가 가져갈 만큼 한 아름
바깥세상을 탐하고자 힘차게 당긴다.
묻혀버린 세월 밑거름 삼아
다가올 미래에 보람찬 기운을 흠뻑 받는다.

고통

아름다운 청춘에 슬며시 다가온 날
낯선 만남은 반기지 않았다.

가끔씩 찾아준 날 무시한 미련은
급한 병증으로 간곡하게 찾아온 순간
떨칠 수 없는 숙명으로 받아들였다.

생사를 함께하는 시련이 올 때면
이겨내는 지혜를 함께 배우며
헤어질 수 없는 운명처럼 되었다.

하고픈 게 너무 많은 열정은
쉬어가란 호통에 크게 놀라
포기와 절망 앞에 무릎 꿇는다.

차라리 주어진 인내에 감사함으로
이겨낸 수고를 신뢰하며 두 손 꼭 잡고
새롭게 다가오는 미래에 설렘을 가진다.

시험

따끈한 커피와 마주하고
펼쳐진 책과 씨름하는 시간은
열정 하는 두뇌 온도로 몸살을 앓는다.

졸음이 찾아와 눈두덩을 누르면
나른한 무게감에 토닥이는 따스함이
어느새 쌔근거리는 잠으로 빠지고
밀리지 않으려는 유혹에 고개 흔들며
버텨온 지난날 멋진 보상 기대 하리라.

다소곳이 자리한 딱딱한 의자에 정착하니
클로즈 테스트로 협박하듯 물어 오고
다시 보는 선다형의 또 다른 명령은
지엄하게 묻는 답을 마킹해야 한다.

문항마다 조이는 난이도에 걸려
때로는 오답을 내놓으며
떨리는 손 멈출 줄 모르고
머리를 쥐어짜는 촉박함에 성적순 걸었다.

태국 행 비행기에서

내부의 아늑한 온기를 느끼며
창가로 내려다보이는 모형들은
신년을 축복하는 트리로 나를 반긴다.

저무는 하늘 아래
뭉게구름 떠돌다 머물고
살아있는 도시들은 반짝이는 불빛으로
바라보는 동공이 커진다.

양탄자의 포근함이 황홀감에 이르니
가벼운 잠에 취해 하늘을 날아다니고

어둠 속 진회색 카펫 위에 사뿐히 내려앉자
저만치 다가오는 숨 쉬는 태국이
환한 미소로 손짓한다.

내 마음의 약속

누구도 대신 해줄 수 없는 인생의 약속
철칙의 보람을 가지며 사는 이유다.

그 누가 흉내 낼 수 없는 내 능력이
오늘의 나를 살리고 미래를 보장한다.

몸과 마음에 쌓아둔 내 자산으로
환희와 깊은 맛을 더 해주는 행복감
감상만 하기에 멀지 않은 시간들
두뇌의 행동개시 하려는 열정이 기쁘다.

지난 추억들을 가슴에 품었으니
이 또한 비할 데 없는 뿌듯함에 힘입어
남은 생의 감사와 보답으로 살아보련다.

국화꽃에 반하며

화려함보다 그대의 순수함에 반하고
눈부신 빛깔보다 정조에 반하며
순결하고 고귀한 진실에 내 마음을 드립니다.

그대의 꽃은 내 가슴에 활짝 피어
언제나 시들지 않는 아름다움을 보여줍니다.

고운 미소 피어나는 지혜의 감사와
신이 주었던 사군자의 절개로 찬 서리 맞으며
고귀한 군자의 모습에 붉은 꽃을 드립니다.

그대 향기에 영혼까지 맑아지니
진실, 정조, 고결, 신의, 평화
영원한 사랑이 함께합니다.

깊어가는 가을 소양호 따라

소양 댐 줄기에 푸근하게 끌리는 발걸음
오래 안착된 화가주인 카페에 들어서고
자유롭게 자리 잡은 목판화들 감상하며
묵은 책들이 시끄럽게 널브러진 채 반긴다.

소양호 뱃길에 몸 실은 저마다의 눈동자 희망 담고
배 밑으로 세차게 부딪히는 강 물결 따라 보며
답답한 가슴속 시원한 바람으로 셔터를 누른다.

색 바랜 단풍이 메말라 추위에 파르르 떨지만
강바람에 반짝이는 은물결 춤추며 다가오니
밀려드는 현기증도 감탄 미소로 맞이한다.

양옆으로 보이는 홍수에 치우친 가을 나무들은
벼랑으로 흩어진 험상궂은 조각 바위들이 낯설지 않고
빽빽이 들어선 단풍나무들처럼 외롭지 않다.

위로 올려다 보이는 산봉우리들의 곡선이
흐르는 모습에 가슴 부풀어 감탄한다.
강 끝으로 올려진 자그마한 토막집은
물 위에 한가롭게 노니는 청둥오리들의 평화를 준다.

청평사 소양호로 하산하여 돌 박힌 계단 길로 오르니
버스정류장엔 아이 어른 줄지어 승차하며
십일월의 채색 잃은 단풍 스산함이 아쉬움이다.

도심 속을 빠져나온 드넓은 자연의 경치는
인공의 합리화된 절경과 함께
온몸으로 자유롭게 살아 숨 쉰다.

낙엽조차 예뻐라

풀 죽어 있는 나에게
해님 같은 웃음으로 불러 주었지.

빨강 노랑 주황 불 밝히며
아낌없는 칭찬 기쁨은
스산한 내 가슴 채워주었네.

틈나면 달려가 눈 마주치며
포근히 감싸주는 사랑으로
탐스런 열매 듬뿍 주었네.

찬바람 불어와 방해 놓아도
울긋불긋 고운 빛에 반하고
낙엽 되어도 그 모습 너무 예쁘네.

단풍잎 형형색색 자태는
전생에 고운 여인이었을까 했는데
어느새 찬바람 너를 말리고
손이 시려 나뭇가지 놓쳐버렸네.

바람 따라 쓸쓸히 만난 자리에
떠나려는 인사 마주하지만
다시 만날 약속 있어 슬프지 않네.

제목 : 낙엽조차 이뻐라
시낭송 : 장선희
스마트폰으로 QR 코드를 스캔하면
시낭송을 감상할 수 있습니다.

꽃이 되어 너를 본다

산들바람 스치며 푸른 하늘 바라본다.
문득 너를 보니 함께 날고파
환한 미소 마주하며
나도 따라 웃음꽃 피어난다.

햇볕 좋은 화창한 날
설레는 장미에 잘 어우러지는 안개꽃 되고
그윽한 국화 반기는 코스모스처럼
향기 가득 품어주는 꽃이 된다.

뭉게구름 파아란 하늘 함께 날고파
너를 붙들어 애원하는 나 흔들지 마라.

너도 꽃 나도 꽃
향기 가득 꽃이 되어 너를 본다.

커피 향 따라

지난밤 체한 속 달래려
아침 햇살 따끈한 커피를 마셨지.

입 안 가득 퍼지는 향기에
날아갈 것 같은 세상
매혹에 빠져드는 혼미한 정신
솟는 기운에 세상이 달라졌네.

아~ 오늘은 무얼 하며 지낼까
떠오르는 확신 벅차오르는 감동
노심초사 지난 변명 모두 버렸지.

의심하는 능력에
희망을 포기했던 이유 생각나고
끌리는 향기에 빠져드는 마음
또 운명처럼 다가오네.

날마다 새롭게 피어난다

날마다 자신의 꽃을 피우고
향기를 더하기 위해 견디어낸다.

한 걸음씩 걸어가는 이 길이
외롭지도 않고 무섭지도 않다.

길을 걷다 청초한 꽃을 만나면
다가가서 그 향기를 맡고 싶어진다.

사랑하는 이와 함께 설레고 싶고
사람 냄새나는 곳에서 사람답게 살며
지지고 볶고 사는 게 행복한 삶이다.

따뜻한 마음에 향기로 누구를 만나고
그렇지 않으면 만날 자격이 없다.

서리가 내릴 때쯤 피어나는 꽃향기가 진하듯
모진 비바람 맞으며 피워낸 향기가 더 진하다.

태극기

힘차게 휘날리는 깃발을 우러러
높은 세계를 향하여 날아라.
조국 곳곳으로 태봉 끝에 매달린 포스
콧대 높여 절로 그 음성 울려라.

순국선열의 희생, 국기 앞에 묵념하고
밝고 순수한 평화와 음과 양의 조화는
하늘, 땅, 물, 불의 순수한 사괘로
대자연의 진리 평화와 순환의 사랑이다.

생각만 해도 가슴 벅찬
대한민국의 장엄한 태극기
세계로 뻗어 가는 우주의 표징으로
메아리 속 끝까지 울려 퍼져라.

세차게 흔들어라
용솟음치게 흔들어라
자랑스러운 깃발 하늘도 놀라워라
어화둥둥 북소리 울려 퍼진다.

이천 년 역사의 꼬리표 달아
자유롭고 평화로운 세계로 나아가자.
조국의 선열로 혼신의 힘을 담아
장엄한 깃발엔 힘이 넘치리라.

중년이 행복하다

나 어릴 적 철모를 때 지난 추억에
세상 경험 철학으로 거듭나니
새로운 이 세상 그런대로 살만하다.

지난날 인생 추억 아쉽지만
행복 세상으로 다가오고
하고픈 일 가고픈 곳 너무 많다.

인내 끝에 찾아든 이 행복
못다 한 인생살이 한껏 드러내고
오래 간직해온 인생 보따리 풀어놓으니
살맛 난다는 깊은 맛이 되었다.

연륜이 쌓여 환한 빛을 다시 보니
여유 있는 기쁨의 미소가
자유로운 폭소로 크게 터트리고
이맘때쯤 맞이한 인생은 참 살만 하다.

사랑이 스며든 자리

시리도록 스산했던 그 자리
따뜻하게 스며들었다.

언제나 훈훈하게 지켜주는
기쁠 때나 슬플 때나
함께하는 사랑에 정신 줄 놓고
살아가는 의미를 알게 된다.

그와 함께 꿈속을 거닐 때
환희의 달뜬 마음 삶이 되고
무지개 사랑 하고파서
그의 손 슬며시 잡아 재촉한다.

가슴 속 들어선 모닥불 사랑
크게 타오르는 불빛 더미로
겁 없이 달려드는 이 용기는
어디서 생겨났을까?

눈엣가시처럼 살았다

가난한 농부의 딸로 태어나
남아 출생 귀한 집에 틈새 딸로 자랐다.

인생을 묻어놓고 이끌려 살며
하고픈 일 너무 많아 가슴에 밀어놓고
궂은일 시린 날들 고달픔에 강해졌다.

누구 대신 십자가를 지었나
누구 대신 죗값을 치렀나
비바람 헤치며 산 세월 너무 아팠다.

젊어서는 사서도 고생한다는 말
가슴 조이며 살아낸 날들
든든한 버팀목이 기다려주었다.

눈엣가시처럼 살았다는 인생
알고 보니 그 여인은
더 아픈 딸자식이었다.

한국무용

귓전을 울리는 음향 따라
나비되어 창문 안으로 사뿐히 날아왔다.

수줍은 새색시 연지곤지 찍고
서방님 따라 살며시 들어와 발뒤꿈치 찍으니
음악에 취해 살랑거리는 리듬은
날개에 흥을 달고 어화둥둥 몸을 날린다.

온 세상 흥에 겨워 춤추며
사랑하는 마음 담아
몸짓으로 말하고 싶은 사연은
임에게 달려가는 그리움을 전한다.

술에 취하듯 음악에 취하니
만사 부러울 게 없는 꽃이 되고
웃어주는 미소에 반해
흥에 겨운 나비 신나게 날아다닌다.

요염한 댄스가 하늘 높이 치솟으니
창문 틈으로 비집고 들어온 햇살은
나풀거리는 치맛자락에 어우러지고
요염한 부채는 수줍은 미소를 가득 품는다.

제목 : 한국무용
시낭송 : 최명자

스마트폰으로 QR 코드를 스캔하
시낭송을 감상할 수 있습니다.

구름 섬

높고 푸른 가을 하늘나라에
웅장한 구름 섬을 어느새 지었어요.
포근한 나의 섬이 있는 곳에
오랜 친구들의 예쁜 섬도 보이네요.

파아란 하늘 구름 섬엔
수평선 머언 바다가 불러주고
푸른 텃밭이 둘러싼 꽃길 가득한 정원에서
시인은 노래하고 있네요.

새하얀 뭉게구름 타고 떠다니며
가끔씩 이웃 섬으로 마실 다녀오고
둥실둥실 꿈을 띄워요.

어쩌다 햇볕 좋은 날
들로 산으로 두 팔 벌려 시원한 바람 맞으며
구름이 내려와 사뿐히 오르면
하늘 구름 속으로 총총히 사라지네요.

내가 사는 세상

고통을 감내하는 세상이라도
내가 사는 세상 이만하면 행복하다.

그 어느 날 떠나려는 길목에서
못다 한 일 너무 많아
내가 사는 세상으로 발길을 돌렸다.

언젠가 떠나야 할 세상이라면
모든 미련 놓고 가야지
일생의 귀한 하루는
값진 오늘을 빛나게 한다.

내가 사는 세상은
가는 길 재촉한 발길에
정열적인 태양이 떠오르고 있다.

가족

어두운 구비길 헤치고 돌아오던 날
절박하게 빌어준 기도는
생사를 넘어 이승으로 돌아왔다.

아주 먼 길로 가버릴까 봐
돌아오는 이 길을 잃을까 봐
얼마나 기다렸을까

불빛 따라 눈을 뜨니
세상을 비추는 커다란 보름달이
환한 미소로 다가왔다.

바라만 보아도
눈빛만 보아도 알 수 있는
그 이름 가족이었다.

열차 여행의 미학

축축한 비 맞으며 달리는 새마을호는
덜커덩 소리가 더욱 요란하다.

열차에 의탁하고 앉으니
시간보다 조급한 마음 인내하고
창문밖에 보이는 미래 희망은
순수한 자연에 이끌린다.

턱을 괸 손 음악에 흔들리며
희망찬 대지를 가리키는 마음은
잠시 미래의 삶을 떠올려 본다.

순리를 고집하는 만물의 이치를 따라
팽팽하게 살아가는 현실을 이해하고
조급하게 달리며 살아온 날들은
기억에서 필름처럼 돌아간다.

열차 여행의 인생은 변환하고픈 기회로
순리와 느림의 미학을 강하게 심어주니
지난날 반성하는 낮은 미소는
유리창에 비추는 모습에 반한다.

바닷가의 아침

창문 너머 소나무의 힘찬 흔들림
바람에 고마움을 느끼며
상쾌한 바닷가의 아침을 연다.

마주한 진달래꽃의 가녀린 흔들림은
틈새에 끼인 모습 가여워 보이고
파릇한 소나무와 눈 마주치니
반가움에 선뜻 손을 내밀어 본다.

수평선 너머 솟아오르는 눈부신 태양
가슴으로 힘차게 담는 순간
불끈 솟는 정열을 느낀다.

백사장 길 바다를 따라 가면
밀려오는 거대한 파도에 반하고
마냥 달려보는 여행지의 기쁨은
반기는 바다와 함께 자유를 만끽한다.

제목 : 바닷가의 아침
시낭송 : 장선희

스마트폰으로 QR 코드를 스캔하면
시낭송을 감상할 수 있습니다.

문학의 길

문학의 길로 젖어들며
아르고스의 눈으로 세상을 바라본다.

소음으로 다가오는 도로를 걷다 보면
두통으로 다른 세계가 펼쳐지고
두뇌를 치는 소리에 놀라
메모지에 펜을 휘갈긴다.

모든 만물이 눈에 들어와 불 밝히고
열린 문학이 탄탄대로이길 바라며
한계에 부딪힌 두뇌 지병은
가슴으로 몸살을 앓는다.

스멀거리는 시상에서 맴돌다
정체감에 빠져 다시 백지로 돌아가고
문학의 길로 인도하는 불빛은
무지개의 찬란함을 그립게 한다.

술, 술, 술

오늘도 그는 술이 부르는 데로 가고
벌겋게 달아오른 환한 웃음으로 왔다.

쓰디쓴 술잔에 살가운 친구 되어
슬플 때나 기쁠 때나 힘들 때나
몸을 가누기 힘들 때 까지 마셨다.

마음 달래주고 외로움 해소해주는
유일한 벗이라고 엄지 치켜세우며
세상만사 고달픔 달래주고
불면증 치료약이 된다는 술이다.

발효주, 증류주, 혼성주
물질대사 높인다는 효과라지만
마시는 게 힘이라는 베이컨 말처럼
차라리 지구의 종말을 바라는 게 낫다.

건강을 해친다는 압력 말 들어가도
멀어질 수 없는 해롭다는 알코올은
이제나저제나 핀잔만 쌓여가지만
온 세상 시름 달래주는 세월로 보낸다.

삼대 어머니

깊은 사랑의 모정이 여식에겐
혹독한 시련으로 시퍼렇게 멍들고
어머니는 눈도 제대로 못 감고 저세상으로 가셨다.

멍든 가슴 부여잡고 살아온 세월
또다시 여식에게 되 물리니
눈뜨고 모진 광경 겪어내며
더 새까맣게 멍들어 버렸다
어머니는 치유되지 않은 저린 가슴 부여잡고
한 많은 긴 세월 동안 눈감지 못하셨다.

삼대의 어머니가 된 여식은
멍든 가슴 되 물리지 않으려 용기 내며
모진 세월 달밤에 서럽던 날들 가슴에 묻고
한없이 울었던 날들 추억으로 간직하며
어머니의 깊은 마음 헤아리는 나이 되니
원망과 외로움에 서럽던 세월 어느새 추억이 되었다.

어머니의 가두어둔 눈물 약수 되어
멍든 가슴 씻으니 치유되고
노화되는 수족 저려옴에 단잠을 깨우지만
꿈속의 행복한 여행을 멈춘 아쉬움으로
밝아오는 새 아침을 기다리며
오늘도 어김없는 태양은 희망의 빛을 선사한다.

바다 (세월호 참사를 생각하며)

계절마다 설레던 푸르른 물결
여름엔 파도가 더 높이 출렁여주기를 원하며
너와 나 한 몸으로 파도타기에 환호성 치던 추억이
이젠, 동조한 세월호와 삼켜버린 피 끓는 청춘들 앞에
분노와 공포에 치를 떨게 될 줄을 꿈에도 몰랐구나.

수평선 너머 아득히 펼치던 평온한 미소는
할퀴어버린 험상한 표정으로 이빨을 드러내고
한입으로 삼키어 비참하게 가버린 서러움은
그들 앞에 너의 모습 어찌 드러낼까…

사나운 파도 기억하기 싫어 고개 돌리면
영롱하게 반짝이던 물방울이 그리워 사무치는데
보이는 물결이 핏빛으로 비치는 건
어찌 애통한 아픔이 아니겠는가?

망연자실한 모습을 기억하고 있는지
사나운 파도, 당장 나와서 손들고 무릎 꿇어라
푸른 물결 너의 속내는
얼마나 깊은지 보여주어라.

지하철의 흑백

출근 시간 빡빡하게 계획된 시간에
눈앞에서 만원 전철을 놓치고 말았다.

이번엔 놓치지 말자 가슴 졸이다
작정하고 파고드니 그들 틈에 끼어들고
정착지로 가는 지하도를 함께 달린다.

한 공간에 갇혀있는 이들은
각자의 정해진 일터를 향해
교통 체증 없이 그대로 데려간다.

중년 신사 다리 힘주어 문에 기대서며
모자란 잠 채우려 눈을 감고
출근 시간 말단 사원 아가씨는
재촉당하는 문자 메시지에 신경전을 펼친다.

환승 전철 타는 연결 호선에 옮겨가니
암흑으로 내달리는 방향이 지루할 때쯤
창문 밖에 눈 부신 햇살 스친 잠 깨운다.

지상으로 올라탄 환한 세상의 경전철이
이제 천천히 가도 좋다는 생각이다.

반쯤 감겼던 실눈에 강한 햇볕 찾아들 때
환한 빛 정신 깨우니 창문 밖을 내다보며
외부에 빠르게 지나가는 사물들은
묶여있던 생각들을 풀어놓게 한다.

쌀쌀한 이른 봄바람은
성급하게 기다린 마음 헤아리고
마냥 좋은 이 순간에 미소 지으며
다가오는 정착지가 더 멀었으면 좋겠다.

계시(啓示)

조상님들 기다리는 곳에서
그토록 공들여주신 환생을 미처 몰랐고
옛 조상님들의 명 받들어
인륜지대사에 참여하라는 지천명이라 했다.

정성을 다하는 마음은
기도하는 큰 뜻을 모아 조상님들 뵙고 나니
생명줄에 소중함을 알아 몸 사리고 있었다.

사랑이 가득한 내 가족의 간절함에 살고
수많은 고통에 쪼그라드는 심장은
정신적 압박감에 헐떡이는 숨소리로 인내했다.

성경 말씀에 앉은뱅이가 벌떡 일어나고
눈먼 맹인이 눈을 번쩍 뜨는 기적을 믿으며
생사에 큰 뜻을 받아 감사하는 깊이로
새로 태어난 삶에 저버리지 않기를 깨우친다.

심장 이식 후 꿈속 조상님들 계시를 믿으며

너는 별 나는 달

반짝이는 눈동자가 그리워
설레는 미소 지으며
치맛자락에 상큼한 향기를 날린다.

별은 달에게 다가와 속삭여주고
움직이는 빛 크기가 달라
바라보는 달 당황하지만
함께 한 자리에 유난히 빛난다.

먼 나라의 별이었던 너를 마주하며
온 세상 빛이 되고
별은 너무 환한 달빛에 반해
별과 달은 무지개 사랑을 나눈다.

까치의 안녕

화창한 이른 봄
우람하고 아늑한 나무에
까치가 둥지를 튼다.

까마귀 날아와
툭툭 둥지를 쪼아대자

놀란 이웃 새들 날개 펴며
까마귀 몰아내려 휙휙 몰려든다.

새들은 둥지 틀고
까치는 반가운 소식으로
날갯짓 더 크게 펼치며 날아오른다.

제주 민속촌 이야기

제주 민속촌의 눈바람 맞으며 발길 따라 들어가니
추위를 이기는 동백나무의 붉은 꽃으로 인사하고
억새는 저희끼리 거센 바람에 흔들리는 소리가
티격태격 시끄럽게 싸우는 것 같기도 하다.

저만치 요란한 바람 소리 무섭게 따라오자
여기저기 비명으로 스산하게 들리고
촘촘히 들어서 있는 오두막집들이 초라하지만
낮은 볏 지붕이 아늑하게 다가오는데
내실에 사연 깊은 이야기들이 상상되어지며
그 당시의 일어났을 일들이 궁금해진다.

변변하지 못한 시대의 고달픔에도
나름 행복했을 순간 짐작되고
가난도 괴로움도 별거 아니라는 생각으로
우리 인간은 큰 축복이 함께 있기에
선조들이 살아내며 지켜온 아득한 시대는
현시대까지 이어지는 세상의 거룩한 삶이다.

보존되어가는 그들의 인생이
자랑스럽게 타국까지 알려지며
후대의 밑거름 되는 이 땅에 자랑스러움이고
살아 숨 쉬는 행복함이 영원히 지속 될 것이다.

사랑은

사랑은
자신만의 오만을 만들고
때로는 어린아이가 된다.

사랑은
자존감으로 이끌어 가고
우월해지려고 노력한다.

사랑은
내 사랑의 거대함만 알고
다른 사랑의 거대함을 잃어버린다.

한곳만 바라보는 시야가
때로는 눈멀게 하고
마침내 가슴을 쳐도
끝끝내 사랑이라고 우긴다.

누이를 그리며 ('이산가족' 시극 중에서)

전쟁으로 피난 차 나선 황량한 벌판에
백두산을 향해 끝으로 사라진 누이
삼팔선에 헤어진 남매는 서럽게 울었다.

까치가 찾아오는 아침이면 반가움에
해 뜨는 언덕 뛰어오르고
북쪽 누이 그리며 하염없이 보고팠다.

봄이면 꽃 피는 뒷동산 달리고
여름이면 시냇가에 흐르는 물그림자
누이 얼굴 떠올리며 사무쳤다.

장대 들고 개구리 따라
종일 뛰어다니던 누이와의 시간들
피붙이의 헤어짐은 뼛속 깊이 사무치고
가족 해체의 서러움 마디마디 고름 되어
누이와의 상봉이 꿈속에 주인공이라도 좋다.

첫사랑

살구꽃 필 무렵, 봄바람 타고
발그레한 미소로 다가왔지.
그의 모습 보이면 새가슴 되어
발소리 낮춰 숨었네.

오늘도 마주칠까 내일도 마주칠까
애타는 마음 사랑인 줄 몰랐지
서로 눈 마주친 아찔한 순간
남몰래 떨리는 가슴 타들어 갔네.

그와 만나는 날, 타들어 간 가슴에
눈치 못 챈 사랑은
잊지 못할 오점만 남긴 채
시커먼 흔적으로 이별 되었네.

먼 훗날 그에게 다가가
지난 첫사랑 고백하며
허허로운 웃음 되어
이루지 못할 추억만 남겼네.

말 한마디

따스한 햇볕 아래 마주하고
하얀 이 드러내며 빛을 반사한다.

바람 따라 스쳐 가는 말 한마디는
따가운 모래알로 뺨을 내리친다.

흩어지는 모래알 따라
거센 바람이 훅 불었으면 좋겠다.

잡을 수 없을 만큼 날아 가버렸지만
담아지지 않는 스친 자리 쓰라리다.

헛손질한 바람결에 휩쓸려가고
아지랑이 속 숨었다 피어난다.

꽃망울 터지는 봉우리 미소 가득
향기 나는 새싹들이 삐죽이 올라온다.

꿈의 바다

장선희 시집

초판 1쇄 : 2018년 5월 4일

지 은 이 : 장선희

펴 낸 이 : 김락호

디자인 편집 : 이은희

기 획 : 시사랑음악사랑

인 쇄 : 청룡

연 락 처 : 1899-1341

홈페이지 주소 : www.poemmusic.net

E-Mail : poemarts@hanmail.net

정가 : 10,000원

ISBN : 979-11-6284-014-6